beijo,
boa sorte

© 2015 Ana Elisa Ribeiro

Todos os direitos estão liberados para reprodução não comercial. Qualquer parte desta publicação pode ser reproduzida, arquivada ou transmitida desde que não tenha objetivo comercial e seja citada a fonte.

Projeto Gráfico
Danilo Medeiros

Fotos
Shutterstock

Revisão
Ana Elisa Ribeiro
Bethânia Lima

Preparação e seleção de textos
Ana Elisa Ribeiro, Sérgio Fantini
e colaboradores que não se lembrarão

Márcio Rodrigues Farias – Bibliotecário/Documentalista CRB15/RN 0335

S484a	Ribeiro, Ana Elisa. Beijo, boa sorte / Ana Elisa Ribeiro. – Natal(RN) : Jovens Escribas, 2015.
	72 p.
	ISBN 978-85-66505-76-4
	1. Conto brasileiro. 2. Literatura brasileira. 1. Título.
2015/07	CDD B869.3 CDU 869.3

ana elisa ribeiro

beijo, boa sorte

Jovens escribas

Para o contista Rafael F. Carvalho

Por que você não para de escrever
E passa a dizer tchau?

Adília Lopes

Escrevo para me casar.

Adília Lopes

com o rosto em retalhos
13 .... sacada
14 .... cada dia
15 .... em concha
16 .... sinuosa
17 .... felizinhas
18 .... explicação na delegacia de ccm
19 .... dos prêmios da delegada
20 .... monogramático
21 .... perguntas perigosas
22 .... enxuto
24 .... incêndio
25 .... alcaparras mortas
26 .... sara
27 .... joão
28 .... engano
29 .... ela tentou chegar a tempo
30 .... os nomes, não
31 .... lanchonete
32 .... classificados
33 .... teima
34 .... calígrafa
35 .... aula
36 .... delta
37 .... o piano
38 .... namoradeira

40 .... bilhete suicida
41 .... janine hospeda cães e gatos durante as férias
43 .... hospitalidade

baú de avó

47 .... as meninas
48 .... de joelhos
49 .... tristeza de jeca
50 .... das sucessões
51 .... cedo
52 .... dos presentes de Natal
53 .... estrelinhas
54 .... promessa de noiva
55 .... casamento duradouro
56 .... datas comemorativas
58 .... as verdades que as perversas não contam
59 .... corredor
60 .... memória
61 .... amparo é morta
62 .... eu estou feliz
63 .... quando eu era criança
64 .... leituras
65 .... leituras 2
66 .... leituras 3
67 .... leituras 4

69 .... notas
71 .... agradecimentos

com o rosto em retalhos

sacada

Eu não sei o que ela fará sem mim. Imagino que o rosto se transforme numa permanente coleção de vincos e que as pernas tremam ao sinal da mais embaçada lembrança. Não fomos em lua de mel para Kosovo e nem brincamos de tiro no parque. Hoje compreendo que Melina não deixou de me amar nem mesmo nesses momentos de delírio. Vendo-a daqui de cima, acho que me arrependo de não lhe ter dedicado mais punhetas e de não ter cedido aos pedidos de socorro enquanto caía. É linda mesmo assim. No entanto, quando eu disse que iria embora, não suportei fitar-lhe a cara. O cenho fechou-se numa expressão-relâmpago e notei nela os punhos cerrados. A barriga enorme já não deixava dúvida sobre a prenhez e o rosto preocupado deixava entrever ainda a intenção do aborto. Mas eu não permitiria. Ficou nervosa – tigresa à morte – quando mostrei as passagens de trem. Nem era assim tão longe, mas era o abandono. Olhando daqui, noto que a calcinha era presente de Natal. Mesmo estatelada lá embaixo, ainda dedico-lhe tesão. Melina, minha menina, quem mandou ficares de costas na sacada?

cada dia

Tudo parece piada. Repaginei meu volume de contos de encanto & magia e tento aplicá-lo ao dia a dia de uma mulher dona de casa, com filho pra criar e faxineira uma vez por mês. As paredes são borradas com mãos de criança. O tampo do vaso foi levantado apenas três vezes, pra meu marido vomitar quando chegou do bar. Escondo os meninos dentro do armário quando isso acontece, porque comigo o pulha pode fazer o que quiser. E não faz, de tão troncho que chega em casa. Escondo um punhal no armário da cozinha. Se um dia ele chegar bêbado, nem ligo, mas se chegar com cheiro de mulher, faço-lhe fissuras ardidas nos olhos. É isso que importa, afinal. A retina obtusa que já não vê a rotina. A rotina absurda sob as retinas. Tanto faz.

em concha

As prostitutas da Guaicurus pedem, pelamordeDeus, no meio da avenida principal, que os senhores não fechem as portinholas dos hotéis em que elas executam seu trabalho. Elas estão ali rezando, com as mãos em concha, pedindo que reabram os quartinhos em que atendem os clientes. E elas dizem que não, que não têm nada a ver com o tráfico de drogas. Quem trafica são os policiais militares. E ainda lhes arrancam parte do soldo recebido com sal na testa e cheiro de látex. E ainda xingam-nas. E ainda solicitam serviços de graça. Beijinho, beicinho, chupadinha grátis. E elas põem roupas e capuzes pretos, óculos escuros, só deixam de fora as unhas grená. E ficam ali pedindo a Deus que não deixe fecharem os cafofos. E aí elas ficam bravas, põem os dedos do meio em riste: se não abrirem tudo de novo, vamos ocupar a cidade. Elas pedem aos padrecos de plantão que ajudem a reabrir seus comércios e seus balaios. Elas clamam em nome de Jesus.

sinuosa

Ensaiei me aproximar dela por vários meses. Fui vê-la todas as noites e sequer pude contar aos amigos o que se passava comigo. Há coisas que um homem moderno não pode mais compartilhar, e o amor romântico por uma prostituta é uma dessas coisas. Tanta moça, tanta jovem bonita e você vai se interessar pelos quereres de umazinha.

Eu saía do trabalho às sete, fazia um lanche até as nove e entrava na boate para vê-la dançar. Ensaiei uma aproximação por meses, mesmo depois de vê-la saindo com outros homens. Mesmo assim, não lhe dediquei ódios. Passei meses com um bolo no peito, sentindo um arrasamento sem oxigenação. Abri e fechei escotilhas dentro de mim, saí com uma ou duas colegas de trabalho, mas não tirei a prostituta da cabeça.

Fui à boate vê-la numa dança sinuosa, todos os dias, nua, de batom e sandália. E enfim observei que ela já me temia, regulava (sem regrar) meus olhares. Até que fui ao camarim e a encontrei demaquilada, num roupão brilhoso e branco, cabelos soltos e úmidos, quase uma santa. Mais um pouco e seria uma noiva. Investi contra ela um sorriso e estendi-lhe a mão. Beijei as falanges frias e perguntei-lhe qual era sua graça: Maria da Purificação.

felizinhas

Lembro de minha mãe com algodão nas narinas e sete furos abaixo do seio esquerdo. Ornamentais. E também lembro da minha avó roxinha, roxa que nem repolho, com uns ornamentos no pescoço. E me ensinaram que elas eram felizes.

explicação na delegacia de ccm

Ontem, saí do primeiro; saí do segundo; o terceiro soco pegou.

dos prêmios da delegada *Para Águeda*

Que ele era homicida eu já sabia. Diziam que também colecionava romances e mandava empalhar as cabeças das moças e pendurar na parede de uma sala secreta. As cabeças ficavam lá, com olhos vidrados, junto com outras caças e também armas brancas e de fogo. Ainda assim aceitei seu convite para uma esticada. Tomei o cuidado de jamais ir à sua casa. Mas ele aceitou o convite para entrar na minha e viu a coleção de pênis duros em vidros de formol.

monogramático

Conheci Fidéles na saída de um elevador. Mirei-o com interrogações ordinárias e ele me respondeu dizendo que seria meu chefe. Fidéles era um homem delicado. Ao longo de três meses, estudei suas manias como quem investiga micróbios. Vesti luvas de amianto. Pus lentes de aumento. Fidéles tinha uma esposa adequada, títulos acadêmicos, ternos de microfibra, aliança de ouro e mãos de mulher. Apaixonei-me por Fidéles porque ele era quase um santo. Odiava futebol, bebia vinho tinto e quase não falava palavrão. Lastimava que ele fosse tão pouco profano. Quase ficcional. Jamais me insinuei a ele. Descobri que fora ele quem bordara os monogramas das toalhas do casamento. Chorei ao saber dessa penosa delicadeza. Tão amoroso, tão casado. Veio-me à cabeça um desejo finíssimo e sofisticado de que ele pudesse reaproveitar as toalhas, um dia.

perguntas perigosas

Perguntas perigosas vêm em bandos descalibrar o que já está definido e deixam bilhetes nas frestas. A agonia do dia tingiu de roxo meu para-brisa e a volta para casa ganhou cores de mesmice. O portão da garagem abriu-se nas mesmas velocidades, ao comando do controle remoto. Esperei que as grades se abrissem completamente o carro entrou pelo mesmo corredor onde não se distingue chão de parede. O banheiro, mijo, trombo em mim no espelho, acordo me atropelando e aos meus desejos. Abro o carro, o corredor, o controle remoto, o portão. A rua nem diz bom dia. Vira-se, insossa, como um marido velho e resmungão. Paro por dois segundos, miro o retrovisor, olho minha testa vincada e a pergunta perigosa: Como teria sido? A resposta me vem em forma de esquina, em momentos passados que não pude ler com precisão e teriam tornado tudo bem mais dócil. *Como teria sido* é pergunta de quem agoniza. *Como é* é bem mais vibrante e tilinta como vidro quebrado. Como o espelho quebrado na madrugada, quando trombei em minha imagem quase apagada, e notei me assaltaram não sete, mas setenta anos de sutil azar.

enxuto

"É porque somos intensos", assim, enxuto. Foi como ele me explicou a atitude áspera que tinha comigo.

Depois duns anos de convivência, aprendi a gostar do cheiro de suor que ele tinha ao chegar para o almoço. Vovó e mamãe me ensinaram que o gostar vinha com o tempo e com as porradas.

Naquele momento, o cano do revólver já ganhara a temperatura do meu corpo. Quando ele o encostou em minha têmpora direita, estava frio, cheirava a guardado. Nem mesmo queria me deixar ir ao banheiro. Estávamos ali, pendentes, no peitoril da janela, fazia horas. Distinção difícil. Tempo fake. O frio era psicológico, assim como o tempo. Mas o cano da arma não era.

Ele chegara hostil. Respondeu malcriado às minhas perguntas mais simples: tudo bem? Ele resmungava, mas me olhava como quem tivesse um plano. Projetava uma história e eu nem notara que havia desencavado um revólver.

Quando pensei que fosse me abraçar, envolveu-me com um dos braços, mostrou-me a nova tatuagem [um lagarto venenoso] e assentou a arma com vigor em minha têmpora. Não me deixou falar e pediu que eu não chorasse.

Estávamos pornográficos com aquela arma nas mãos. Não duvidava, mas não sabia se ele teria coragem de apertar o gatilho. Pedi favor e fiz promessa. "Faço almoço, lavo e passo". O cano quente. A pólvora com cheiros. Talvez eu sentisse um clarão queimar a vista, os olhos explodidos, a miopia curada. Ao menos esta maldita miopia.

incêndio

Não pus fogo no colchão por intenção, doutor. A ideia da vela foi ela quem teve. Acho que viu na televisão a vela em cima da cama. Vê-la carbonizada me lembrou muito aquelas velas votivas gastas.

alcaparras mortas

Em cima da mesa de jantar ficava um vaso preto-e-branco, presente de casamento. Havia sido herdado da avó. Na geladeira, molho de alcaparras que ela fez pra temperar um salmão. Alcaparras mortas. Quando quebrei o vaso preto-e-branco, senti um alívio. A cabeça dela ficou em pedaços, ornamentando os cacos de vermelho vivo.

sara

Avise a Sara que não estarei em casa na hora da janta. Ela espera que eu chegue todos os dias. Diga a ela que não venho mais, que não precisa esperar e que pode perder esse hábito. Não sei quando foi que começamos a ficar escravos. Diga a ela que pode comer o que quiser, que escolha o cardápio por conta própria, que pode refogar o repolho, que não precisa mais medir o sal, que tome banho no horário que se sentir suja, que compre o perfume de quando éramos solteiros, que faça talharim às terças-feiras, que tempere a carne com alho torrado e, principalmente, que experimente amor a gosto.

joão

Volte lá e diga a João que lhe corto o pinto se me trair e eu ficar sabendo. Mas só se eu ficar sabendo. Que se vire pra esconder bem seus desatinos.

engano

Eu a chamei de Tita. Como era de seu temperamento, encolheu os ombros, virou o rosto e chorou silenciosamente. Demorei a notar o que acontecia. Foi então que percebi que a havia chamado de Tita. Desde que nos conhecemos que me policio para não chamá-la pelo nome da falecida, mas não sei de onde vêm essas desgraças. A boca diz o que nem é sincero. E então ela chorou suavemente porque de Kátia passou a Tita. Sentiu o inferno. E maior ainda porque demorei a notar o engano e não lhe pedi desculpas. Acho que o inferno é não ter-lhe pedido desculpas.

ela tentou chegar a tempo

Quando ela me viu já não dava mais tempo de me pegar pela gola. Pulei cheio de ideias pra espalhar pelo chão da calçada. Fiz questão do aparato: o tênis do aniversário de casamento e a gravata do dia do casório. O resto do corpo ia nu. Quando eu me estrelasse no chão, não daria pra distinguir o pau mole inútil do cérebro viscoso. Ela sempre me dizia que, em geral, eles se confundiam mesmo.

os nomes, não

Ercília não gostava do próprio nome. Desde criança sentia mal-estar quando o pai vinha dizendo *Ercília* pelo corredor, abanando a mão imensa pelos ares, ameaçando *umas sapecadas* e acusando-a de traquinagem que ela nunca havia feito. Ercília escondia-se atrás da porta da sala e sempre encontrava-se com o irmão ali. Também Rui corria para se esconder do pai, que vinha pelo corredor com a fivela do cinto brilhando e as ameaças pulando dos beiços. Ercília e Rui não gostavam de ouvir os próprios nomes desde que os ouviram pela última vez, na boca da mãe, Isaura, que chamou por socorro até sufocar embaixo do travesseiro.

lanchonete

Amassava as empadas com a mão. Massa podre, quebradiça e engasgante. Amassava com o indicador e, às vezes, com o polegar. Embutia vontades nos dedos. A cara de um, o peito de outro, o sorriso do primeiro, os cabelos do décimo terceiro, a silhueta do último [quisera fosse o primeiro]. Coca-cola gelada e o bolo de empada descia. Limpava. E a alma continuava imunda. Era primitiva. Só sabia comer com as mãos, aos nacos, devagar, esquartejando. Caçava a empada, matava, picava, colocava pequenos bocados na boca de carnes vermelhas, engolia e bebia. Enquanto isso, criticava em silêncio a sandália de uma, a blusa da outra, a cor dos cabelos de uma terceira.

classificados *para Patrícia e Helinho*

Quando nos mudamos para o prédio, ainda em lua-de-mel, veio o síndico, muito prestimoso, avisar-nos que a menina do primeiro andar era puta. Veio mostrando uma página de anúncios classificados que ele mesmo havia circulado e o nome de guerra dela, Sônia Landau. Era pra evitá-la nos corredores e na garagem, coisa que ele não fazia.

teima

Às vésperas do casamento, mandou-me um bilhete, representante máximo de sua franqueza presente e futura: não lavo, não passo, não sei cozer nem desejo aprender, não limpo, não seco, não espano. Baixei os olhos, verti uns pequenos arrependimentos antecipados e me casei.

calígrafa

Sempre reclamavam da minha caligrafia. Mamãe dizia que era difícil me ler. A professora me dava má nota. Até que, quando eu tinha 13 anos, arranjei um namorado exigente e que gostava de livros. Da primeira vez que lhe escrevi uma carta de amor, percebi seu constrangimento. Na segunda, ele me confessou que não havia entendido nada. Cedi e pedi a mamãe cadernos de caligrafia. Treinei por várias semanas. Cansei de escrever maiúsculas em pautas desiguais. Passei a escrever certo por linhas tortas.

aula

Todos os dias, ao chegar, vejo dona Indira. Ela vem de saias e com cheiro de chocolate. Sento, abro o caderno, fixo nela um olhar concentrado e a desejo. Leio tudo o que ela pede. Aos demais, ela diz que pode lhes adivinhar a doença. E receita livros.

delta

Lá fora, um vento frio e um tiroteio: dum dum dum dum. Quatro pipocos no muro. As cápsulas ficaram no chão. Alguém gritou um palavrão e o carro cantou pneus. Uma risca preta no asfalto velho.

De dentro da saleta de três por três, eu via uma moldura marrom de janela, à moda das casas de mau gosto. Uma montanha cheia de casas de mau gosto. A amarela era a que mais me chamava a atenção. E quando o sol batia nela, ela era inteira luz. Aquela casa me desnorteava. Minha janela virada para o norte e o fio do telefone enroscado no raque marfim. A voz dele cansada, dizendo que o Rio é lindo. E uma lágrima quase estalactite me sulcava que nem navalha. Bisturi de água e sal. Nascente no olho direito. Delta no útero. A voz de gripe despistava o choro morno. Sonsa. Why you're not here?... E dizia, em português europeu: perfecta. E o tiroteio rolava na rua. E eu dizia que Belo Horizonte é mais tranquila para morar. E ele oscilava. Mas não é possível que aquela manhã sonolenta de sábado tenha sido em vão. E nem a fogueira. E muito menos o ajuste da temperatura da água. E ainda... o solo de guitarra às oito e dois.

o piano

para Cris Linhares

Já disse pra ela largar de mão, deixar ficar, mas ela insiste. Ela gosta daquilo. Trambolho carcomido por cupins. A porra do piano que ela leva e traz nas mudanças, o diabo do piano que ela põe na sala de toda casa em que a gente mora. Manda trazer o piano, depois manda chamar o afinador de pianos, que sempre é o mesmo e ver mexer naquelas cordas e depois cobra uma fortuna, o miserável. Ela gosta daquele piano. Acho que também gosta do afinador de pianos e da sabedoria do afinador de pianos. Acho que fica vendo o afinador afinar o pianão preto cheio de lascas e cupins. Depois vai lá e passa a mão, álcool, paninho, alisa o piano. E eu nunca posso estar em casa pra ver como é que se afina piano.

namoradeira

Aspergiu uma água suja em mim. Eu não tinha o hábito de passar por aquela rua, naquele horário. Apenas dois ou três passos pra eu passar pela sacada dela, ela aspergiu em mim uma água suja, que coalhou minha camisa amarela de um marrom mal-resolvido. Água de onde? Antes que eu xingasse um palavrão ou dois, ela pregou em mim dois olhos castanhos muito precisos. Enquanto ela fez isso, eu acho até que as flores murchas ganharam algum viço. Ela tocou meus ombros e limpou, com falsidade educada e muita delicadeza, aqueles pingos que a malha ainda nem pudera beber. E dizia com os lábios, apenas eles, sem as notas da garganta e dos pulmões, um perdão quase brisa. Disse desculpe e me deu a opção do entendimento. E continuava limpando, a vassouradas breves, com os dedos molengas, meu ombro. Fiquei envergonhado da quase reação enérgica. Migrou meu pejo mudo das mãos distensas para o rosto ardente. Queimou meu olho aquele olhar de quem tomou atitude sem demora e atingiu um futuro improvisado. Toquei-lhe as mãos com aspereza, nos embalos do ritmo de meu pai rústico, e pedi, eu, perdão por ter desejado contra ela um impropério. Seria absurdo, se não fosse fático. E ela assustou-se miudamente com meu toque brusco. Trouxe o corpo à janela, assomou uma cabeça pequena e bem-torneada, uma gola de blusa de verão e um cabelo curto leve como pétala. O olhar curioso queria saber quem havia atingido o chuvisco acidental e que mãos imensas eram aquelas. Perdão, o senhor me desculpe, reguei a planta e manchei sua camisa. Quer entrar para que eu limpe? Sofri por uns segundos a vontade de entrar e propor um café com bolachas, uns casos cotidianos, uma lembrança ou outra de um passado suave, um chá, que ela tinha rosto de moças que tomam chá, biscoito recheado, doce, pedir para ver mais plantas em outras sacadas do sobrado, uma muda no quintal, lavar as mãos no banho de azulejos amarelos, respirar o ar de graça daquela casa e daquela dona. Naquele segundo, no entanto, agradeci o convite; e a camisa nem sequer testemunhava uma mancha propensa a aceitar o convite. E enquanto meus olhos arrefeciam e agradeciam aquela ocorrência tão desinfetante numa manhã desigual da minha vida, a voz grave soou de dentro, antes da janela, liberando caos no enredo da minha história, minha pequena história com aquela moça: Quem está aí, querida?

bilhete suicida

Me perdoa, meu filho, por ter sido sua mãe. Eu devia ser seca e árida como um deserto, ao ponto de nada em mim vingar. Mas não sei como são capazes de nascer e crescer em mim sementes. Pensei ter sido até mesmo capaz de amá-lo com muita ternura e certos arroubos de carinho. Foram poucos, eu sei, mas aconteceram quando o amor infinito que eu lhe tinha me pegava desprevenida. Não soube amar com pirotecnias. Se não a você, imagine se coube em mim qualquer um outro. Claro que não. E eu estive o tempo todo de acordo, em desacordo com as sedes que me detinham em mim mesma. Eu devia ter crescido infértil como uma cruza de espécies malfadadas. Devia ter sido virgem. Mas você me veio num susto de calor. E eu amei você da forma como pude. Amei como se ama a um broche de madrepérola, herança de avós antepassadas. Amei como se ama uma lembrança que quase se apaga e damos a ela um pouco de ar todos os dias. Mas isso parece um tanto pequeno, entre tanta demanda e tanta ferida aberta. Então me perdoa, meu filho, porque eu só sei amar com sussurros e pavios muito longos. Só sei amar com a paradeza de um rio planejado, numa cidade de grãos macios.

janine hospeda cães e gatos durante as férias

para Jak e Jana, gateiras

Janine cuida do gato que apanhei na rua. Quando meu pai foi embora e disse a minha mãe que se fodesse sozinha, eu tomava café e me divertia com umas bolachas coloridas. Ele saiu sem bater a porta e isso não se parecia com as cenas que eu via em filmes. E então eu percebi em mim uma jura lastimosa. Jamais deixei minha mãe dormir sozinha e não lhe permiti lágrimas próximas umas das outras. Não me casei, mal me enamorei de umas meninas, não abandonei ninguém. Quando vi Jaguar na rua, pensei que embora fosse gato e pudesse viver livre, talvez sentisse falta de um ambiente aconchegante. Adotei meu gato numa tarde quente. Jaguar comia carne e era forte, apesar da aparência frágil. E não se parecia com minha mãe, que ameaçava chorar passados mais de dez anos da saída de meu pai, pela porta da frente. Jaguar ficou sendo nosso menino de estimação e dávamos a ele o tratamento que os humanos não se dispensam, mesmo no amor declarado. Jaguar tinha liberdade e também saía pela porta da frente, quando desejava a rua, mas voltava pelas janelas, pelos basculantes, pela mesma porta, pelo serviço, sempre que tinha o desejo de retornar. E nossos sorrisos não eram poupados quando ele miava com sono e fome. Jaguar remoçou minha mãe, quase perdida, e apagou meu pai da memória da casa, aos poucos. Mas minha mãe morreu de velha, aos 93 anos, deitada no sofá.

E foi Jaguar quem me deu a notícia, miando chorado, como uma carpideira consciente e sentida. Respondi à morte dela como ao abandono de meu pai: com sensação de oco e ar de improviso. Resolvi viajar. Comprei uns tíquetes que me levavam, por terra, a São Luís e aprontei duas malas com camisetas, bermudas e uns livros de receitas. Deixei a Bíblia de capa dura encostada aos catálogos e queimei os jornais velhos na despensa. Retirei as lâmpadas e guardei numa gaveta perdida, dessas que a gente não pode mais encontrar quando volta. Se eu retornasse, queria iluminar tudo com luzes novas. Desmontei o armário da cozinha e não removi o lodo do box de acrílico. Dispensei os perfumes velhos na privada e saí sem trancar a porta, para dar à casa chances de que algo lhe ocorresse. Mas não abandonei Jaguar. Entreguei meu gato a Janine, a menina que cuidava de animais enquanto as famílias viajavam de férias. E Janine me atendeu com sorrisos. Disse a ela que não sabia quando ia voltar, mas que acertaria tudo na volta. Deixei o endereço onde me hospedaria em São Luís. Janine me manda cartas de vez em quando. Conta-me dos incidentes da vida cotidiana, dos estudos, dos desejos e às vezes fala de Jaguar, que se sentiu abandonado quando parti, pulou do telhado e não tinha sete vidas.

hospitalidade

para Sandra Ribeiro

Rosa já contava quase cem anos e há vários via passar o que lhe sobrava de vida deitada numa cama, aos cuidados de uma filha solteira. Vez ou outra recebia a visita dos netos. Até que, um dia, Rosa faleceu. Era manhã de primavera, depois de uma chuva forte. A água escorria do céu aos barulhos e ela não tinha medo de morrer. No dia do último suspiro, pela manhã, deu uma ordem exasperada à filha: "Não quero saber de gente mal-servida no meu velório. Mate uma galinha". E a filha obedeceu. Serviu farturas na mesa de imbuia. Enquanto isso, Rosa vigiava tudo, deitada, com o terço entre os dedos, e os convidados se esforçavam em lamber ossinhos.

baú
de avó

as meninas

Antes não usava moça ir a bar, tocar violão e dirigir. Antes também não usava moça de calça comprida. Não usava menina na janela depois de certa hora. Não usava batom vermelho nem muito menos escarlate na roupa de baixo. Não usava moça namorar até tarde. Nem ficar sem sutiã. Nem falar alto e abrir a perna. Não usava moça andar com rapazes. Não usava moça sorrir pra estranhos. Nem ir ao médico de mulheres. Nem ficar sem marido depois dos 22 anos. Nem fazer sexo antes de casar. Não usava moça não usar anágua. Não usava moça que pinta a unha de carmim. Não usava, faz pouco tempo, moça que trabalha fora. Não usava moça que lê e escreve. Moça não usava. Moça não servia pra quase nada.

de joelhos

Em Tamboeba, onde nasci, há quarenta anos, as moças têm algumas resumidas opções na vida. Como não me casei, que era a primeira e mais distinta, tornei-me artesã. Tamboeba é conhecida no país inteiro pela vistosa produção de terços com contas de madeira escura. Minha irmã, que não se casou e nem tinha habilidades manuais, foi para a Espanha e ganha a vida de joelhos. É isso o que ela diz nas cartas. Mas não me lembro de ver minha irmã rezando nem uma vez. O dinheiro que ela ganha lá já deu para comprar um belo sítio com alpendre de pedra polida. Todos os terços que eu fiz na vida não pagarão sequer minha cadeira de balanço.

tristeza de jeca

Especulava-se que seria um menino. Robusto e saudável só de ver o tamanho do pé. Logo vieram os comentários sobre as lendárias proporções. Chupava dedo e chutava. Pela ultrassonografia, via-se com nitidez o coração batendo rápido, as pernas se movendo, até a boquinha, as órbitas, o rosto. Mas o pai andava triste e quase não dormia porque não conseguia ver-lhe o pinto.

das sucessões

Ficou grávida. Ficaram felizes. Correram no médico e confirmaram a gravidez e a alegria. Meses depois, correram no doutor pra saber se era menino ou menina. Quando o aparelho mostrou o pintinho, o pai deu pulos de felicidade. Um menino. Já a mãe ficou meio indecisa, esquisita. Bom que agora ela podia ser meio homem por uns tempos. Mas também perdeu a chance de deixar de herança metade do baú da avó.

cedo

Papai dizia que, em certas noites, era melhor mamãe nem aparecer na sala. Ele não queria que eu a visse com os cabelos e as roupas desalinhados. Nas fotos, mamãe era linda, uma princesa de vestidos vaporosos, cheia de luz nos olhos. Nas mesmas fotografias, papai era um senhor sisudo, com roupas escuras e olhar de vigia.

Desde que nasci, vejo mamãe trancafiada no quarto e papai dono da casa, dando ordens e sorrindo para as empregadas. Mas vejo que mamãe ainda tem olhos em brasa. Deus queira que papai morra cedo.

dos presentes de Natal

Ganhei de Natal uma cozinha miniatura, toda completinha, com panelinhas e trempes inoxidáveis. Mamãe dizia que aquilo era um sonho. Mas eu queria o carrinho cheio de luzes que meu irmãozinho ganhou. Fazia barulho e corria com controle remoto. E eu chorei.

No Natal do ano seguinte, eu e meu irmão ganhamos uma casinha em miniatura. A dele era verde, com varanda de madeira. A minha era igual, de um verde mais claro. E mamãe veio nos dar explicações de como brincar com elas: João, finja que mora; Aninha, finja que limpa.

estrelinhas

Minha avó disse a todas as netas que não se podia apontar para as estrelas que lhes nasceriam verrugas nas pontas dos dedos. Crescemos todas com medo de ver estrelas cadentes. E tínhamos muito desse medo de apontar estrelas no céu. E pensávamos que nossa avó nunca devia tê-las apontado, porque ela não tinha verrugas.

Um dia eu me apaixonei por um rapaz que me disse pra fazer pedidos quando visse uma estrela cadente. Passamos meses tentando ver, mas eu jamais olhava diretamente para o céu. E eu não disse nada a ele, mas queria que ele não apontasse para a estrela. E fui ficando cada vez mais apaixonada e então um dia minha avó morreu.

Morreu sem apontar para estrelas e sem verrugas. Mas eu fiquei muito mais apaixonada e um dia vi, com meu namorado, uma estrela cadente. Fizemos, juntos, uma série de pedidos e o meu namorado apontou para a estrela na horinha em que ela caía. Fiquei sobressaltada e observei durante dias as pontas dos dedos dele. Então passei a procurar estrelas cadentes e a apontar estrelinhas no céu, passei a observar o firmamento e a viver noites românticas com meu namorado. E um dia, então, quando vi e apontei uma imensa estrela cadente e observei que não me nasceu sequer uma verruga, desejei que minha avó tivesse morrido com muitas verrugas de bruxa na ponta da língua.

promessa de noiva

Não me venha com vanguardas. Não me ache moderna e nem me peça para deixar em casa o baú de minha avó que carrego nos ombros. Desde o começo alertei sobre minhas anáguas cor de pele e meu coque imaginário nos cabelos escorridos. Não sou mulher de trabalho e nem faço história para livros. Minha vidinha é pequena, na lida com agulhas e poucas fronteiras. Não me venha querendo conversas de cinema ou apreciação de vinhos estrangeiros. No máximo lhe digo se gosto. Mais do que isso – senso crítico ou trajetórias – não ofereço. Desde o começo adverti sobre meu panorama de beco e minha história de merda. Não prometi horizontes e nem grandes viagens. O baú da minha avó fica bem dividido nas minhas costas. E confesso que nele encontro a provisão necessária para viver. Não me peça opinião consistente e nem me favoreça com liberdades demais. Aqui você só conseguirá uma parideira de mão cheia e uma esposa bem repetida.

casamento duradouro

Acordo com o cheiro dela dormida. Suor com lençol; remela e ressonar. E então ela me olha e não me vê. Reprova que eu fique na cama mais tempo. Ela se levanta sem qualquer beleza e aparece com os cabelos desalinhados. O rosto marcado de fibras de tecido. Ela é quase uma textura de malha. Malha ruim. Colorida. A camisola é rota, o robe é feio e ela se levanta e a primeira coisa que faz é entrar no banheiro. Fecha a porta e mesmo assim eu ouço o primeiro xixi do dia. A primeira mijada, morna e ácida. Ela se veste com as roupas do dia a dia. A primeira coisa que me diz é que deixei prato sujo na cozinha e não escovei os dentes antes de deitar. Se me dissesse bom dia, eu estranharia. Se me beijasse, eu a amaria, acho. Mas ela desfaz esse amor, cuidadosamente, todos os dias. Então ela se vai para a cozinha, para a área, para a copa. E passa o dia me corrigindo as pequenas desfeitas. E eu sonhei com isso a vida inteira: uma mulher chata só pra mim.

datas comemorativas

O primeiro namorado serviu pra me ensinar o beijo. O segundo serviu pra eu descobrir o que podia ser um beijo. Com o terceiro eu descobri mais coisas e casei. Mas antes de casar, na minha família, a gente tinha de namorar e noivar. Noivei em setembro e casei daí um ano. Um ano certinho, contado na folhinha. Depois de um ano, casamos no cartório e na Igreja. Deixei meu nome de solteira pra trás e me tornei a senhora Souza. E depois que me tornei a senhora Souza, terminei meus estudos e tive dois meninos.

No dia do noivado, teve festa. Um jantar com carne branca e discurso do pai dele. Corei e demos beijinho em público. Estava marcado. Mandei fazer vestido, grinalda, véu e chapéu. Cores pastéis, filó, delicadeza. A festa foi até as quatro da manhã e meu pai ficou bêbado.

No dia do casamento, também teve festa, com doces na saída. Alugamos um salão quadrado, enchemos de mesas e servimos vinho espumante. Bombons de nozes e vestidão branco. O colo à mostra, o padre severo, mamãe emocionada e papai sério. Dama-de-honra, padrinho e madrinha, arroz cru. O dia do casamento foi uma festa duradoura, com fitas douradas e juras improváveis. A lua de mel foi romântica. Varanda e luar. Namoramos, provocamos, transamos e dormimos abraçados. Suspiramos à noite e também roncamos e estivemos dormentes.

O dia das bodas de prata foi de festa. Comemorávamos com nossos filhos adultos, bolo com glacê, telefonema distante, presente para a casa, vestido de senhora. Tirei do maleiro meu vestido de noiva e achei as traças, os buraquinhos, o cheiro de velho. Vestido démodée, amarelado, brega. Não me cabe nem se eu forçar. Cinturinha fina, anca de menina virgem, delgada. E eu balofa, roliça, barril. Guardei o vestido de novo. Não aproveito nem para uma nora. E voltei pra festa de bodas, com vinho caro e marido minguado. Sono antes da meia-noite e a família jogando cartas.

Mas festa mesmo, como nunca se viu, festa pra valer, com todos os sentimentos de alegria dentro de mim, festa que eu nunca havia conhecido como aquela, que me deixou bebum pra cacete sem eu tomar nada, festa de show pirotécnico que ninguém notou, porque eu sou discreta (como papai queria), mas que eu sei que foi a maior festa, foi quando eu fiquei viúva.

as verdades que as perversas não contam

Eu ando com um Santo Antônio dentro da bolsa. É simpatia e eu nem creio, mas não faço desfeita com tia minha. Ela foi conhecer Aparecida do Norte e trouxe de lá um presente pra mim. Tenho mais três primas, mas a tia foi clara: trouxe apenas três santos, só para as sobrinhas que precisam mais, e entregou-me um envelope verde.

Ando com meu Santo Antônio dentro da bolsa. Mal não deve fazer. E acho que, embora ele chacoalhe e dê piruetas, tenho a impressão de que está sempre com um risinho no canto da boca. Tenho essa impressão desde que achei meu batom enfiado no rabo do Santo Antônio.

corredor

As meninas brincam de casinha no alpendre. Os meninos vêm correndo e derrubam todas as casinhas. A avó vem logo gritando: "Tirem essas casinhas da passagem".

memória

Nasci para conhecer minhas quatro bisavós. Cada uma tinha uma aura diversa da outra. Duas eram sumidas na bruma de ser mulheres de épocas ainda piores. E outras duas eram mulheres à maneira dos personagens. Maria parecia um camafeu. Diva parecia um quadro de Portinari. Maria morreu penteada, bem-vestida e lúcida como uma margarida. Adoentou-se rápido e faleceu em uma semana. Objetiva como o coque do longo cabelo branco, quase ficcional. Diva não teve a mesma sorte. Foi traída pela memória, que a transportava, todas as manhãs, para o dia da morte de meu bisavô. Acordava num choro manso: o que farei agora que Jonas se foi? Todas as manhãs, Diva se sentia uma viúva infinita.

amparo é morta

Amparo me deu casa, comida e roupa lavada, passada, engomada e macia. Me deu amor, carinho, atenção e dedicação. Amparo me deu água, feijão, sal e açúcar. Me deu luz, agrado e afeto. Me deu vontades, sensações e tranquilidades, grandes e pequenas. Amparo era tão perfeita que nem sequer me fazia sentir ciúme. Amparo não era competitiva e não gostava de sair de casa. Era silenciosa e educada. Não ouvi sequer um ressonar de Amparo enquanto dormimos juntos. Foram 36 anos de sono pacífico. Amparo tomava banho, vinha se deitar, se enrodilhava nos meus braços, dizia um boa noite quase prece e dormia até o primeiro raio de sol. Amparo acordava pontualmente às cinco. Deixava cheiro de clorofila no ar. Não fazia barulho no banho, nem na cozinha. Aprontava um café perfeito e se vestia como uma dama. Naquele dia, azul turquesa e branco. Amparo era elegante e discreta. Eu é que não aguentava mais ficar casado com uma mulher tão contente.

Eu estou feliz. Mas isso só acontece quando eu me distraio. Nos demais momentos do ano, eu convivo com outras sensações menos estranhas. Passo as noites sonhando com bandoleiros violentos e príncipes cagões. Também sonho com os cavalos puro-sangue dos príncipes. Sonho muito com esses animais todos. De dia, lavo, passo, cozinho e costuro as coisas que herdei do baú da minha avó. Às vezes carrego esse baú nos ombros.

Quando eu era criança, não podia ver minhas cinco tias. Meu pai dizia que eram todas loucas. Dizia que elas falavam alto e andavam de preto. Depois que eu cresci, descobri que meu avô as obrigava a andar de preto e de coque no cabelo. E que não falavam alto. Elas apenas falavam.

leituras

Minha mãe me ensinou a espiar as contracapas dos livros antes de lê-los. Meu pai me pediu que tivesse cuidado antes de subir ou descer degraus. Meu irmão mais velho sempre dizia que era necessário ler os rótulos antes de provar os alimentos. Minha avó morreu toda venenosa porque bebeu um líquido antes de ler-lhe a tampa. Minha tia tomou remédio sem ler a bula e padeceu. Ficou viva graças à leitura de uma oração no espelho do quarto. A empregada se queimou porque não leu as instruções. Minha irmã mais nova ficou solteira porque não leu as entrelinhas.

leituras 2

A cigana disse que eu teria outro destino quando leu a minha mão. Dizia ela que estavam escritas muitas trovas e ventanias. Achei que poderia ser interpretação. Ela jura que não, que é exato como dois e dois são quatro. Disse ela que viverei meio século ao lado de um príncipe etrusco. Terei com ele cinco filhos, todos homens, para que herdem as vilezas e delícias do pai. Terei ainda um amante alto, magro, inteligente e professor, e que juntos faremos a degustação de um naco de céu pelo menos uma vez por semana. Chorei quando a cigana me esclareceu que o amante irá embora, um dia, com sua mala cheia de livros e esquadros. E que não me levará com ele.

leituras 3

Pedi à cigana que parasse de mentir para mim sobre coisas tão melódicas. Ela me disse que minha mão era tão legível quanto a letra de minha avó, caligráfica e redonda.

A cigana me disse que estava ali, na minha palma, que eu seria feliz. Falta a minha alma acreditar.

leituras 4

Estive preocupada com as leituras que fizeram da minha vida. E com as que eu mesma fazia, tão contrárias, que visitei um pai de santo. Sendo pai, talvez ele lesse de outra maneira. Então eu entrei naquele terreiro grande e vazio e inquiri:

É verdade que terei cinco filhos?
Cinco ou seis.
É verdade que me casarei com um príncipe?
Etrusco ou árabe.
É verdade que casarei virgem?
Depende.
É verdade que meus filhos serão todos homens?
Até que se decidam.
É verdade que serei infiel?
Não.
Não?
Não, porque será apaixonada.
Mas é certo que terei um amante?
É.
É verdade que terei um marido e um amante?
Cada um a seu modo, embora ao mesmo tempo, não sendo nas mesmas horas.
É verdade que viverei essa contenda?
E será feliz assim mesmo.

Saí de lá aliviada. Era possível ser duas, ser meia e ser inteira, ser fugaz e ser infinita. Era possível ser eu e ser outra. Ser feliz e infeliz a um só tempo, sem ser na mesma vez. O tempo passa sortido para cada pessoa.

notas

O conto 'Amassava empadas' foi publicado na revista *365*, Lisboa, Portugal, em 2003, pelas mãos de José Luís Peixoto.

Quase todos os textos deste livro foram publicados no blog Estante de Livros Virtual, mantido no blogspot entre 2001 e 2003. A Estante foi abandonada há mais de dez anos.

agradecimentos

Os originais deste livro foram lidos, mais recentemente, por amigos que me ajudaram a configurá-lo. Sérgio Fantini é presença honrosa para mim. Além dele, Rafael F. Carvalho. O escritor Marcelino Freire deu muitas contribuições, no início dos anos 2000, quando o blog ainda existia. A gratidão mantém-se.

Este livro está nas gavetas desde 2003 e veio à luz,
em tinta, na primavera de 2015, em tipologia Rotis Semi Serif,
corpo 11/15 em papel pólen 90g/m² e foi impresso na Unigráfica,
Natal/RN, pelo selo Jovens Escribas.